BL: 3.3 —
AR Pts: 0.5

MVFOL

D1505499

08-BXC-582

Nota para los padres y encargados:

Los libros de *Read-it! Readers* son para niños que se inician en el maravilloso camino de la lectura. Estos hermosos libros fomentan la adquisición de destrezas de lectura y el amor a los libros.

 El NIVEL MORADO presenta temas y objetos básicos con palabras de alta frecuencia y patrones de lenguaje sencillos.

 El NIVEL ROJO presenta temas conocidos con palabras comunes y oraciones de patrones repetitivos.

 El NIVEL AZUL presenta nuevas ideas con un vocabulario más amplio y una estructura gramatical más variada.

 El NIVEL AMARILLO presenta ideas más elevadas, un vocabulario extenso y una amplia variedad en la estructura de las oraciones.

 El NIVEL VERDE presenta ideas más complejas, un vocabulario más variado y estructuras del lenguaje más extensas.

 El NIVEL ANARANJADO presenta una amplia de ideas y conceptos con vocabulario más elevado y estructuras gramaticales complejas.

Al leerle un libro a su pequeño, hágalo con calma y pause a menudo para hablar acerca de las ilustraciones. Pídale que pase las páginas y que señale los dibujos y las palabras conocidas. No olvide volverle a leer los cuentos o las partes de los cuentos que más le gusten.

No hay una forma correcta o incorrecta de compartir un libro con los niños. Saque el tiempo para leer con su niña o niño y transmítale así el legado de la lectura.

Adria F. Klein, Ph.D.
Profesora emérita, California State University
San Bernardino, California

Managing Editor: Bob Temple
Creative Director: Terri Foley
Editor: Brenda Haugen
Editorial Adviser: Andrea Cascardi
Copy Editor: Laurie Kahn
Designer: Melissa Voda
Page production: The Design Lab
The illustrations in this book were created digitally.
Translation and page production: Spanish Educational Publishing, Ltd.
Spanish project management: Jennifer Gillis/Haw River Editorial

Picture Window Books
1710 Roe Crest Drive
North Mankato, Minnesota 56003

www.capstonepub.com

LIBRARY OF CONGRESS CATALOGING-IN-PUBLICATION DATA
Blair, Eric.
[Country mouse and the city mouse. Spanish]
El ratón de campo y el ratón de ciudad : versión de la fábula de Esopo / por Eric Blair ;
ilustrado por Dianne Silverman ; traducción, Patricia Abello.
p. cm. — (Read-it! readers)
Summary: When the country mouse and the city mouse visit each other, they discover
they prefer very different ways of life.
ISBN 978-1-4048-1617-6 (hardcover)
[1. Fables. 2. Folklore. 3. Spanish language materials.] I. Silverman, Dianne, ill.
II. Abello, Patricia. III. Aesop. IV. Country mouse and the city mouse. Spanish.
V. Title. VI. Series.

PZ74.2.B58 2005
398.2—dc22
[E]   2005023450

Printed in the United States of America in North Mankato, Minnesota.
092014   008460R

El ratón de campo y el ratón de ciudad

Versión de la fábula de Esopo

por Eric Blair

ilustrado por Dianne Silverman

Traducción: Patricia Abello

Con agradecimientos especiales a nuestras asesoras:

Adria F. Klein, Ph.D.
Profesora emérita, California State University
San Bernardino, California

Kathy Baxter, M.A.
Ex Coordinadora de Servicios Infantiles
Anoka County (Minnesota) Library

Susan Kesselring, M.A.
Alfabetizadora
Rosemount-Apple Valley-Eagan (Minnesota) School District

PICTURE WINDOW BOOKS
Minneapolis, Minnesota

¿Qué es una fábula?

Una fábula es un cuento que nos enseña una lección o moraleja. En las fábulas, los animales hablan y actúan como la gente. Un esclavo griego llamado Esopo creó fábulas que se conocen en todo el mundo. Esas fábulas se han leído por más de 2,000 años.

4

El ratón de campo y el ratón de ciudad eran viejos amigos.

5

Un día, el ratón de campo invitó
al ratón de ciudad a cenar.

6

El ratón de campo sacó todo lo que tenía para cocinar.

Preparó una sencilla cena campestre para su invitado.

9

El ratón de ciudad apenas mordisqueó el maíz, la cebada y los guisantes.

10

No le gustaba la comida sencilla.
Estaba acostumbrado a cosas más
finas. Habló de lo buena que era
la vida en la ciudad.

11

El ratón de ciudad preguntó:
—Mi querido amigo, ¿no te aburres del campo? En la ciudad tenemos de todo.

—¿Por qué no vienes a mi casa a gozar de la buena vida?

13

El ratón de campo aceptó.

14

Los dos amigos se fueron para la ciudad.

Llegaron a la mansión del ratón
de ciudad. Él le ofreció un banquete
de frijoles, queso, fruta e higos.

16

El ratón de campo estaba encantado.
Pero sentía vergüenza de ser tan pobre.

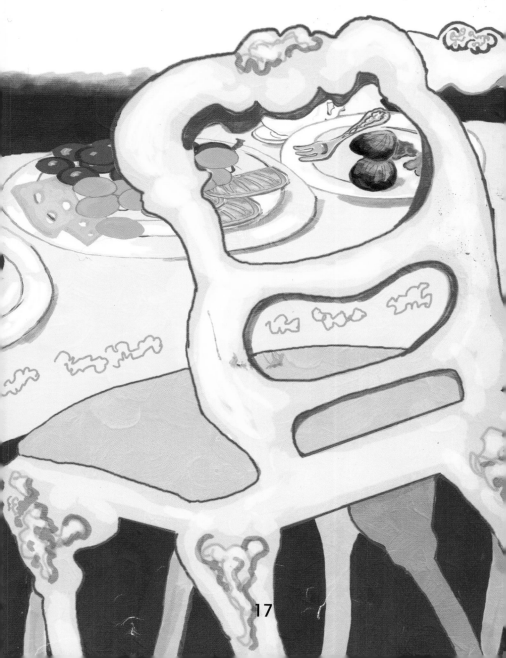

17

Los dos amigos estaban a punto de comer, cuando oyeron un gato. Maullaba y arañaba la puerta.

18

—¡Corre! —gritó el ratón de ciudad. Los ratones se escondieron en una rendija.

19

Al rato, los dos amigos volvieron
a la mesa.

Iban a comer los higos, cuando llegaron unos criados a retirar los platos. Los ratones corrieron a esconderse en unos huecos.

21

Cuando todo quedó en silencio,
los ratones salieron.

22

—Gracias y adiós —dijo el ratón de campo—. Me voy a casa. Prefiero una vida sencilla pero en paz que una vida rica pero con miedo.

23

Más *Read-it! Readers*

Con ilustraciones vívidas y cuentos divertidos da gusto practicar la lectura. Busca más libros a tu nivel.

FÁBULAS Y CUENTOS POPULARES

El asno vestido de león	1-4048-1620-8
La gansa de los huevos de oro	1-4048-1622-4

La cigarra y la hormiga	1-4048-1614-3
¿Cuántas manchas tiene el leopardo?	1-4048-1648-8
El cuervo y la jarra	1-4048-1618-6
La gallinita roja	1-4048-1650-X
La liebre y la tortuga	1-4048-1624-0
El lobo con piel de oveja	1-4048-1625-9
El lobo y el perro	1-4048-1619-4
El niñito de jengibre	1-4048-1647-X
El pastorcito mentiroso	1-4048-1616-X
Pollita Pequeñita	1-4048-1646-1
La zorra y las uvas	1-4048-1621-6

¿Buscas un título o un nivel específico? La lista completa de *Read-it! Readers* está en nuestro Web site: *www.picturewindowbooks.com*

24